外科室

泉鏡花 + ホノジロトヲジ

首次發表於「文藝倶樂部　第六篇」1895年6月

泉鏡花

明治6年（1873年）出生於石川縣。師事尾崎紅葉。1895年發表〈夜行巡查〉、〈外科室〉而建立起作家名聲。代表作尚有〈高野聖〉、〈歌行燈〉等。他在金澤市出生之地所在，目前已改建為泉鏡花紀念館。

繪師・ホノジロトヲジ（仄白）

2015年起成為自由插畫家活躍至今。經手角色設計、插畫等。著作有《瓶詰地獄》（夢野久作＋ホノジロトヲジ）、「SHIROSHIROJIRO」等。

上

實乃好奇心使然，但我仍然利用自己身為畫家之便，設下種種藉口說服我那比兄弟還要親近的好友醫師高峰，使他不得不讓我前往參觀某天東京近郊一醫院中由他執刀的貴船伯爵夫人手術現場。

那日剛過九點左右我便離家，驅車前往醫院。直奔手術室之時，前方有人拉開門扉，走出三三兩兩貌似華族侍者、容貌頗有姿色的婦女，與我在走廊上擦身而過。

診察室

看過去她們之間有人抱著一位穿著和式外套的七八歲女孩兒，我望著她們漸行漸遠。除了這兒以外，自玄關至手術室、手術室往二樓病房那長長的走廊上，有身著長外衣的紳士、制服整齊的武官、又或是身穿羽織袴褲的人物，還有些氣質相當高雅的貴婦、小姐們，有些與我擦身而過或同向而行、有些路經此處也有些暫留原地，往來如梭。回想起停在大門前那數台馬車，自然心領神會。這些人之中有人相當沉痛、有些則面帶憂鬱、也有人慌張異常，看來臉色都不是相當平靜，在這莫名寂寞的醫院裡頭，那些匆忙而瑣碎的皮鞋踢踏、草履擦地等異常的腳步聲，響徹在挑高的天花板、寬敞門窗與漫長走廊之間，讓此處更顯陰沉。

過了好一會兒我才走進手術室。

當下醫師與我雙目相交、唇邊浮起一絲微笑，而那時他正兩手抱胸略略抬頭靠在椅子上。現下要進行之事，將牽動我國上流社會整體是喜是憂，而身負如此重責大任之人，能夠如他這樣彷彿前來參加一場晚宴一般平淡而冷靜，想來也是少見的。現場有三名助手、一名會同手術的醫學博士、以及五名紅十字會的護士。護士當中有位胸前別有勳章之人，看似是極為高貴之人特別賞賜之物。除護士外並無其他女性。在場諸位皆是某某公、某某侯、某某伯等，來此會同的親戚之流。而帶著那難以言喻愁雲慘霧面容的，正是病人丈夫那位伯爵。

在手術室內這些人們守望下、手術室外眾人憂慮中，那明亮得彷彿一塵不染、且給人神聖不可侵犯感受的手術室正中央占據一席之地的手術檯上，伯爵夫人身著純潔的白袍，彷彿屍體般橫躺著，臉色略顯蒼白、鼻梁高挺、手腳纖細彷彿連綾羅薄綢都承受不起。那略略失去色彩的唇瓣中隱約可見玉般皓齒，雙眼緊閉。或許是我自個兒的念頭，但看上去總覺得她眉頭略鎖。輕輕束起的髮絲四散於枕邊，由手術檯上落下幾縷。

見了一眼病人那如此脆弱卻高尚、清純、尊貴、秀麗的樣貌，

我不禁凜然、感到一陣發冷。

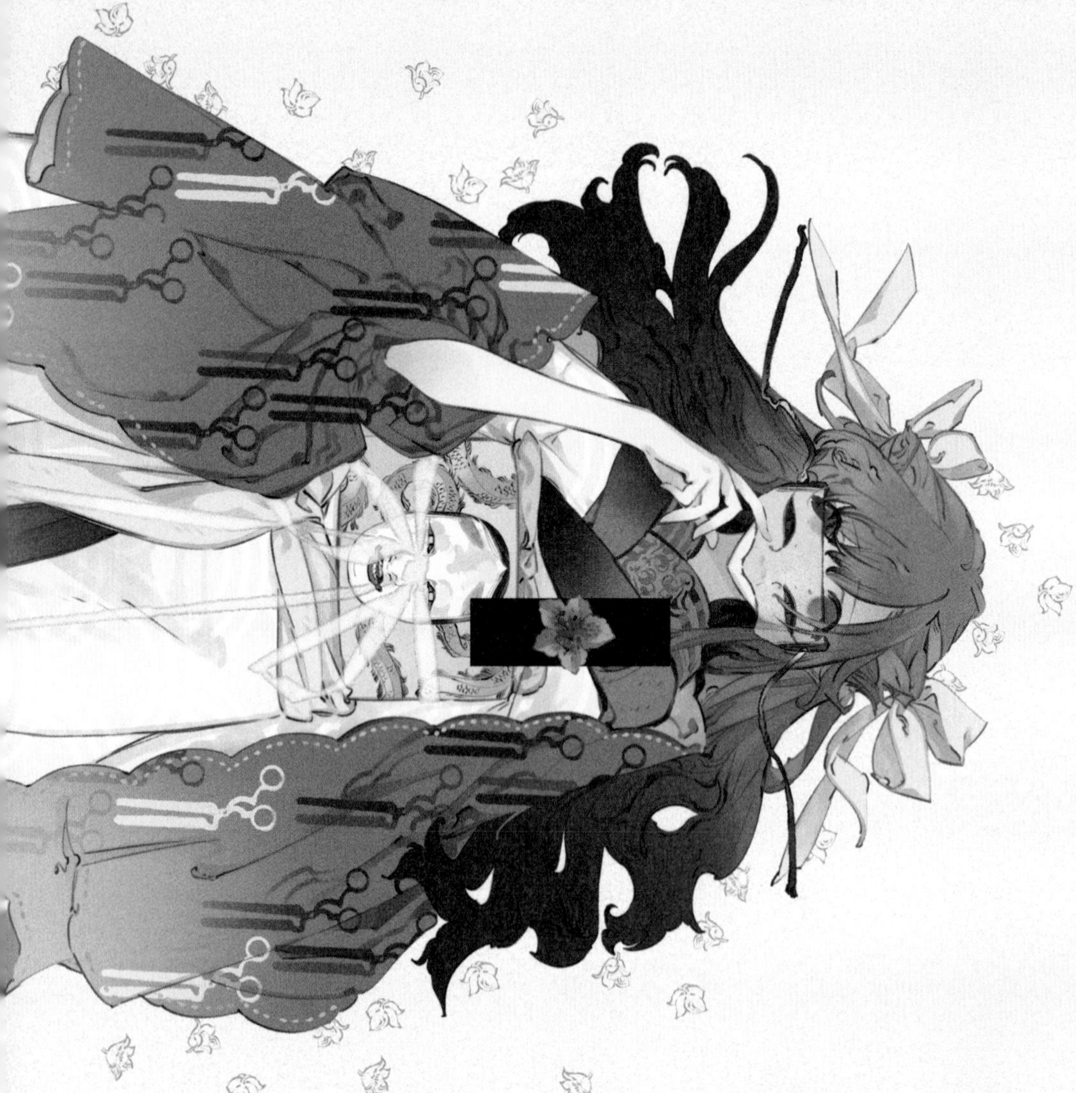

若問醫生的情況，看上去似乎是沒有顯露半點情緒、絲毫不動聲色，一副平心靜氣的樣子。室內就只有他一人坐在椅子上。他那沉穩的樣貌或許也可說是相當可靠吧，但見過伯爵夫人那病貌，不禁覺得他如此態度實在過於可恨。

隨即有人平穩推開門扉、靜靜走了進來，是方才在走廊擦身而過的那三位侍女當中，特別顯眼的那位婦人。

她面對貴船伯爵，壓低了聲音說道：「老爺，小姐終於不再哭泣，已於其他房間靜靜待著。」

伯爵點頭表示了解。

護士走向我們那醫生說了聲：「那麼麻煩您了。」

醫生短短答了句：「好的。」

就只有這時，他的聲音在我耳中聽來略略顫抖。而他的表情似乎也迅速的起了些變化。

想來我們的醫師事到臨頭，還是會有些顧忌的吧，我不得不同情起他。

護士在聽聞醫師回覆以後，轉向那位侍女說：「那麼時間也差不多了，那件事情就麻煩您了。」

侍女明白了對方的意思，便靠到手術檯邊，優雅將雙手輕置於膝上深深敬了個禮，說道：「夫人，現在要給您藥品。還請您聞一聞，然後看是要數文字歌或者數字都行。」

伯爵夫人沒有回應。

侍女非常惶恐的再次說明，並詢問：「您確實知道了嗎？」

夫人只回道：「是的。」

保險起見，侍女再次問道：「那麼沒有問題吧？」

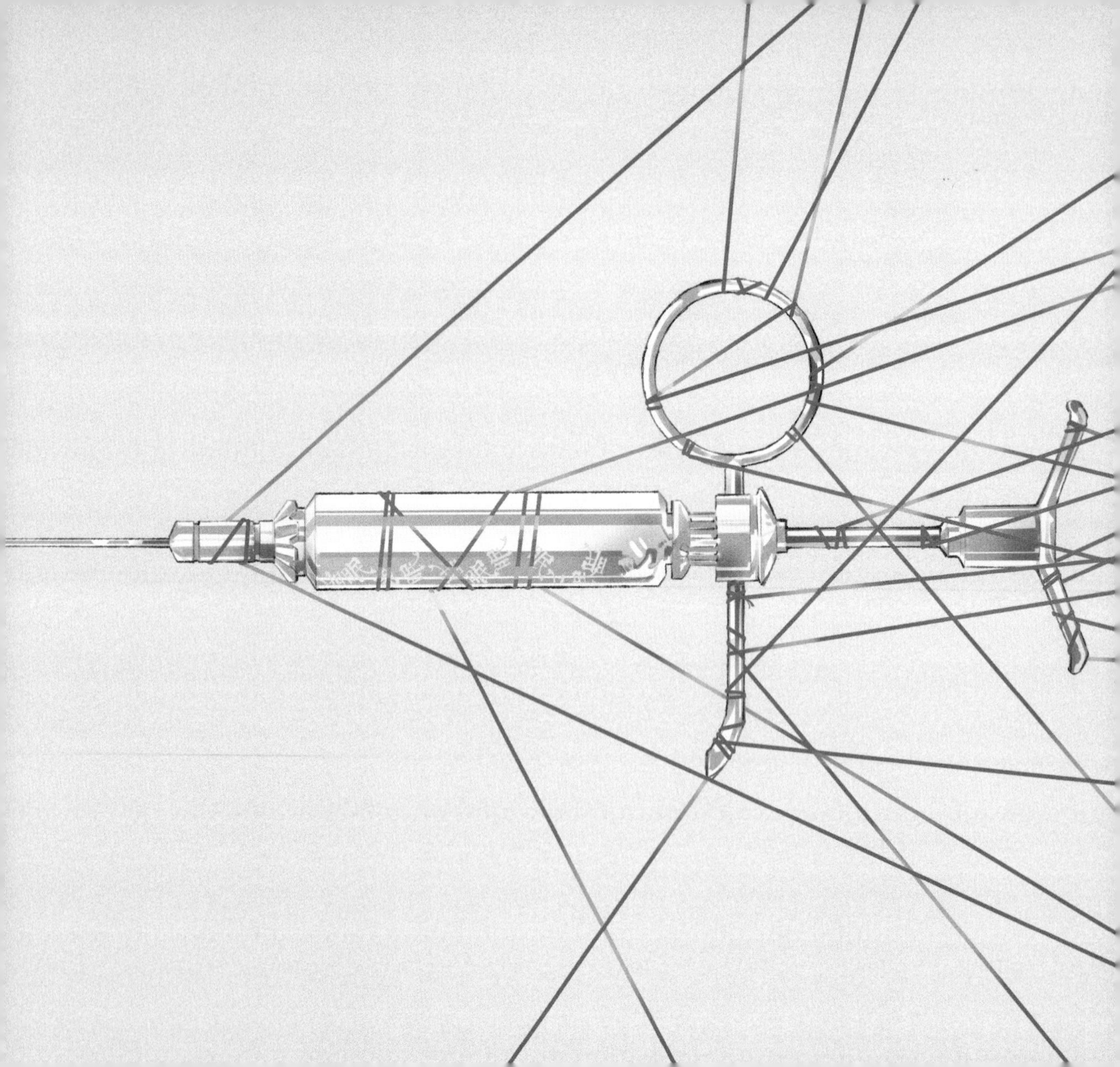

「哪方面呢？是說麻醉藥嗎？」

「是的，到手術完成為止是非常短暫的時間，但似乎一定需要您睡著才行。」

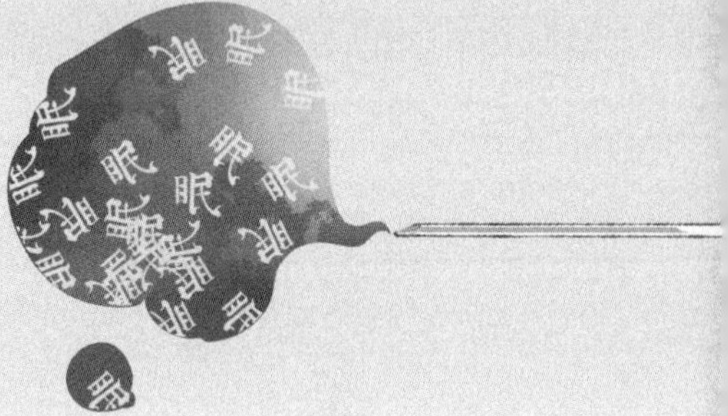

夫人默默地思考了一會兒，以萬分清晰的聲音表示：「不，那就不必了。」一眾人面面相覷。

侍女以諄諄教誨的口氣說道：「夫人，那樣一來就無法治療了。」

「噢，不治療也沒有關係的。」

侍女啞口無言，回頭望著伯爵的臉色。伯爵向前一步說道：「我的夫人，別說那種不可能的話。怎麼能說不治療也沒關係呢。不可以這麼任性。」

一旁的侯爵也開口說道：「若是再說這種任性話，就帶小姐過來見見吧。不趕快治好該如何是好呢？」

「是呀。」

「那麼您了解了嗎？」

侍女見機插話問道。夫人有氣無力地搖了搖頭。護士當中的一位以溫柔的聲音詢問：「為何您那樣討厭用藥呢？這不是什麼會令人討厭的東西哪。打個盹兒馬上就能結束的。」

此時夫人的眉頭抽動、嘴角也扭曲了一下，瞬間顯露出非常痛苦的表情，然後微微睜開了眼睛說道：「大家這樣堅持，我也只能說了。其實，我心中有一個祕密。聽說麻醉藥會讓人吐露心事，因此我覺得非常害怕。若是不睡去便無法治療，那麼就不必治了。請別動什麼手術了。」

聽聞此言，看來伯爵夫人是擔心在半夢半醒之間會不小心向人吐露自己內心的祕密，打算即使死也要守住這個祕密。真不知那位夫君聽了心中作何感想。這話若是平日說出口，肯定要起某些紛爭，然而對於身為看護著病人的人來說，這實在也不能怪病人。尤其這可是夫人親口斷然說出「是無法告知他人的祕密」，那麼當然可以想見會是何種祕密。

伯爵溫和地問道：「是連我也不能告知的祕密嗎？我的夫人。」

「是的。不能夠告知任何人。」

夫人的態度相當毅然決然。

「即使是聞過了麻醉藥，也不一定就會吐露些什麼話的。」

「不，我的念頭如此強烈，肯定會說出口的。」

「妳就別無理取鬧了。」

「您就別管我了吧。」

伯爵夫人以自暴自棄的口吻說著，同時試著轉過身去想背對伯爵，然而病體無法隨心所欲，甚至能聽見那咬牙切齒的聲音。

此時完全不動聲色的，就只有我們那醫生。他就只有在方才那一小片刻稍顯慌亂，現在已是泰然自若。

侯爵面色凝重說道：「貴船，如此一來還是將小姐帶過來讓她們見見面吧，見了可愛的孩子肯定會回心轉意的。」

伯爵點點頭，喊道：「是了。阿綾啊。」

「是的。」侍女回過身來。

「就把小姐帶過來吧。」

夫人忍不住打斷這句話表示：「阿綾，不必帶她來。為何一定要睡著才能治療呢。」

護士一臉困擾地微笑著說：「因為要稍微切開您的胸口，要是您動了的話，會很危險的。」

「原來是這樣啊。那麼我會靜靜不動的。我不會動，請直接切開吧。」

我對於她的天真無邪不禁感到一陣寒意。恐怕今天的手術，沒人能夠好好睜眼看清楚吧。

護士再次開口：「但是夫人，那是會非常痛的，並不是像剪個指甲那樣啊。」

夫人聽聞此語忽然睜大雙眼，以凜然的聲音問道：「執刀的醫師，是高峰先生沒錯吧！」我想她的思緒應該非常清晰。

「是的，是我們外科的科長。但是即使由高峰醫生執刀，切開的時候也還是會疼痛哪。」

「沒關係，不會痛的。」

「夫人，您的疾病可不是那麼簡單的哪。要切開您的肉、刮您的骨呀。還請您稍微忍一忍吧。」

會同手術的醫學博士此時終於也開了口。這可不是關雲長那樣的人物也能忍受的事情哪。但夫人依然不改其面色。

「我明白那件事情。但是完全沒有關係的。」

「如此嚴重的疾病，這該如何是好呢？」伯爵滿面愁容。

侯爵在一旁說道：「總之今天只是一起來看看狀況的。之後再慢慢詢問這件事情吧。」

伯爵沒有異議，而眼看週遭的人也都同意了，那醫學博士又開口打斷大家。

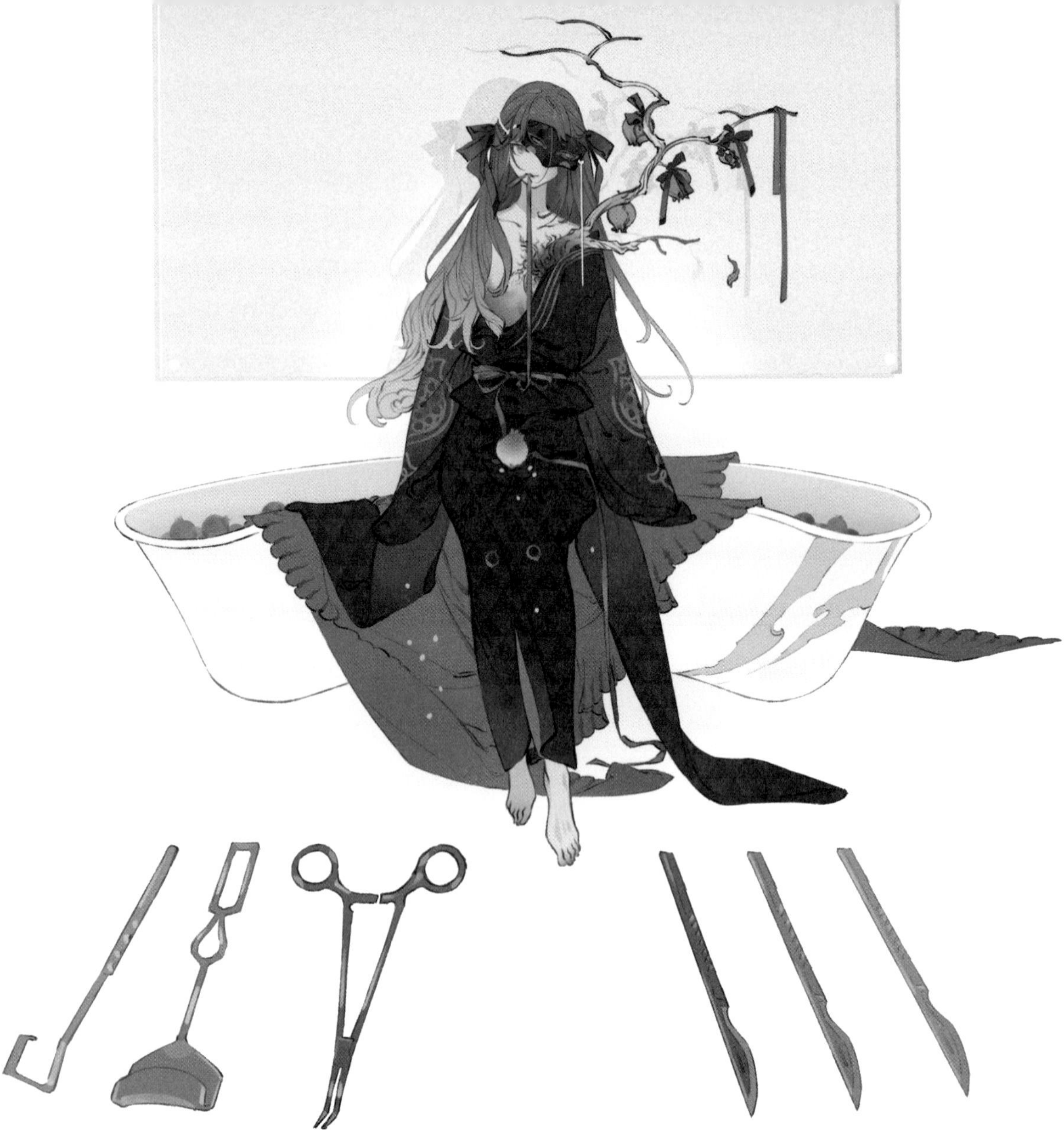

「一旦處置遲了，就無法挽救了。說到底各位如此輕視此疾病，實在拿你們沒辦法。這個樣子不過是在逃避現實。護士，麻煩壓著病人。」

在醫生嚴厲的命令下，五位護士紛紛包圍夫人身邊，打算壓住夫人的手腳。她們服從此命令以負起責任。只要單純的遵守醫師的命令即可，並不需要顧及任何情感上的問題。

「阿綾！快過來。快呀！」

夫人以一息尚存般的聲音呼喊著，侍女連忙擋下了護士們。

「唉呀，還請稍等一會兒哪。夫人，就請您稍微忍耐一下吧。」侍女溫柔卻又有些畏懼地說著。

夫人臉色慘白說著：「無論如何都不能聽從我的要求嗎？那麼就算治好了病我也會去死的。我不是說了，就這樣動手術嘛。」

夫人抬起那白皙而纖細的手臂，萬分艱辛地稍微解開了衣裳胸襟，露出那白玉般的胸口說道：「來，就算是動了刀我也不會疼的。我絕對不會動，沒問題的。還請下刀吧。」

夫人聲色俱厲，語氣毅然決然而表情絲毫不曾動搖。不愧是具備相當身分地位之人，其威嚴不容他人拒絕，滿室之人皆倒抽了口氣、連聲咳嗽也沒有，在這一片死寂當中，方才就毫無動靜宛如死灰一般的高峰，稍稍抬起了視線後從椅子上起身說道：「護士，手術刀。」

「咦！」一名護士睜大了眼睛遲疑著。所有人都大吃一驚盯著醫師的臉瞧，護士當中有一位則略略發著抖，將消毒過的手術刀遞給了高峰。

醫師接過手術刀以後，腳步輕盈地靠向了手術檯。

護士戰戰兢兢地問道：「醫師，就這樣進行嗎？」

「是啊，沒問題吧。」

「那麼，我們壓住病人吧。」

醫師稍稍抬起了手擋下護士：「不，不需要吧。」

說時遲那時快，他的手已經敞開了病人的胸襟。夫人的雙手放在肩膀上文風不動。

此時醫師以起誓般嚴肅的聲音說道：「夫人，我會負起責任進行手術的。」

這時的高峰神色奇特，令人感到神聖不可侵犯。

夫人說了句：「請。」那蒼白的兩頰猛地飛紅。她只盯著高峰瞧，連一眼也沒有望向自己胸口上的刀子。

霎時間彷彿雪中開了紅色寒梅般，血液汩汩自胸口流出，瞬間染紅那白衣的同時，夫人的臉色也比方才更加蒼白，卻如同她適才所言那般怡然自得、連腳趾頭都沒動一下。

事情發展得如此迅速，醫師的動作迅捷彷若風馳，在他切開夫人的胸膛之前，別說是眾人了，就連會同手術的博士都沒來得及插上句話。事以至此，有戰慄者、有掩面者、有背過身去之人，亦有人將頭給垂了下去。而我自己也忘懷一切、心臟有如結了冰一般寒冷。

不過轉眼三秒，他的手術已入佳境，正當手術刀抵達骨骼處，聽見一聲痛徹心扉的「啊」，而那據說二十天來翻個身都有困難的夫人，此時彷彿機械般彈起了上半身，以雙手緊緊抓住了高峰持刀的右手。

「您會疼嗎？」

「不，因為是你、因為是你呀。」

伯爵夫人如此說著，猛然後仰，以極為冰冷的最後一眼直直望著醫生說道：

「但是，你卻、你卻，不知道我是誰！」

說時遲那時快，夫人將手搭上了高峰手上的手術刀，向自己的胸口深深刺下。醫師臉色蒼白、顫抖著說出：

「未曾忘懷。」

那聲音、那呼吸、那姿態，聽那聲音、感受那呼吸、見那姿態。伯爵夫人像是非常高興似地，浮現出一抹天真無邪的笑容放開了高峰的手，忽地躺下，還以為她是伏在枕頭上，但那雙唇卻漸失血色。那時兩人的樣子，彷彿兩人身邊再沒有天、沒有地、沒有社會，也沒有任何人。

下

算算那已經是九年前的事情。高峰那時還是個醫科大學的學生。有天我們兩人去小石川植物園散步。彼時五月五，杜鵑花正盛開。我和他一同出入芳草之間，繞著園內的池子邊走，欣賞那齊綻放的藤花。

走著走著我們正打算換個方向往那杜鵑盛開的山丘上去，沿著池邊前進的時候，遠方走過來一群遊客。

有位身著洋服裝扮、頭戴高禮帽的蓄鬍男士走在前頭，中間是三位婦女。其後則是好幾位打扮差不多的男性，他們是貴族的侍者。當中的三位婦女都躲在圓蓋形涼傘的陰影下，就連衣襬都相當清爽地飄動著，在與她們錯身而過後，高峰忍不住回過頭去。

「看見了嗎？」
高峰點點頭。「嗯。」
我們上了山丘賞杜鵑。杜鵑確實很美。但卻是一片紅。
一旁的長椅上坐著商人風貌的年輕人。
「阿吉，今天真是遇上了好事對吧。」
「說的是呢，看來有時還真是該聽從你的意見哪，要是去了淺草沒來這兒，可就無法拜見啦。」
「再怎麼說可是有三位之多呢，貌似桃花又如櫻花哪。」
「不是有個綁了圓髻的？」
「反正終究是不得相識之對象，管她是不是綁圓髻，就是束髮還是赤熊髻也沒什麼差別吧。」
「話說回來，打扮成那個樣子，怎麼說也該梳個文金高島田髻吧，怎麼綁了個銀杏髻呢？」
「你不喜歡銀杏髻啊？」
「是哪，看起來不怎麼時髦呢。」

「想來她們肯定是為了私下出門、不想過於顯眼吧。你看中間那位豈不是特別引人注目嘛。旁邊還有位她的替身呢。」

「對了，你覺得服裝如何啊？」

「是藤紫色的吧。」

「欸，是藤紫色沒錯，但你這讀書人這個樣兒可說不過去。這可不像是您哪。」

「太過眩目啦，我自然頭也就抬不起來了。」

「所以只盯著腰帶以下瞧？」

「說什麼傻話，太過分啦。我可是連自己瞧見了沒都不太能確定哪，唉呀實在可惜。」

「還有那走路的樣兒實在沒見過。唉呀該說是乘著彩霞而去嘛。不管是衣襬飄動還是撥動下襬的樣子，都讓人想著『唉呀原來該是這麼辦的』這可是我第一次見識呢。果然教養這種東西讓人天差地遠哪。那人做起來如此自然，看來活生生就是天上神仙哪。我們下界之人怎麼模仿得來呢。」

「說得太過火了吧。」

「說老實話你也知道的，我可是向金毘羅大人立過誓要三年不進吉原的啊。唉呀但那又如何呢，還不是把護身符貼身掛著卻在晚上又踩著堤防去了那兒。沒受到天罰實在也奇妙呢。唉呀但我今天真是心想絕對不再去啦。那些醜婦算得上什麼呢。你看看，不過就是這兒露露那兒露露，穿著些紅衣裳的東西嘛。唉呀想想簡直就是像灰塵還是蛆在蠕動一般哪。實在太蠢啦。」

「你說得實在嚴厲哪。」

「這可不是開玩笑哪。你看看那唉呀，不管是一舉手還是一投足，就算是讓她們穿著相同的和服、羽織，打著相同的蝙蝠傘站在那兒，恐怕也全都是些普通女人吧。就算是新造好了。新造雖然肯定年輕，但和剛才見著的一比，如何？唉呀根本黯然失色，甚至可以說是骯髒吧。這樣也一樣算是女人嗎？唉實在令人傻眼。」

「唉呀唉呀，怎麼說得如此誇張哪。不過倒也是如此。我以往也是見著了看來還不錯的女人，就有點兒……你明白的。過往也給你添了不少麻煩哪。不過看過方才那位，我已經感到坦然。總覺得心中一片澄澈，將來不會再碰女人了。」

「那樣你可一輩子討不到老婆啦。畢竟那位大小姐可不會自己開口說什麼『我中意的是源吉』哪。」

「這話可會遭天譴的，我才沒那麼想！」

「但若真是發生了這情況呢？」

「說老實話，我大概會逃走吧。」

「您也是嘛？」

「噢，所以你也？」

「我也會逃走哪。」兩人對看了一眼。隨即一陣沉寂。

「高峰，我們去走走吧。」

我和高峰一同起身，遠離了那兩位年輕人以後，高峰才以相當感動的表情向我說道：「噢，那就是真正動人心弦的美麗呀，這可是你所專精之道，得要好好學習呢。」

正因我是名畫師，所以不受影響。行過數百步，遠遠能看見那藤紫色衣襬自蓊鬱高大樟樹的樹蔭下略略陰暗的地方走過。

離開植物園，外頭站了兩匹高大健壯的馬兒，繫在有著精美玻璃窗的馬車前，旁邊還有三位馬伕正在休息。之後過了九年才在醫院發生那件事情。關於那位小姐，高峰就連我也隻字未提，然而高峰無論在年齡上、地位上都早該成家立室卻未曾娶妻持家，並且他的言行舉止品行都比學生時代還要來的嚴謹。我原也不打算多說些什麼。

雖然分別葬在青山和谷中，但兩人卻在同一日相繼離世。

這世上的宗教家們哪，誰能告訴我，他們兩人是有罪的嗎？是無法昇天的嗎？

TAKAMINE

＊本書之中，雖然包含以今日觀點而言恐為歧視用語或不適切的表現方式，但考慮到原著的歷史背景，予以原貌呈現。

譯註

第9頁

【公、侯、伯】貴族（華族）之爵位名稱。地位高低依序為公、侯、伯、子、男。

第15頁

【聞藥品】當時多採用乙醚麻醉，因此需要讓病人直接聞乙醚。現在由於研究得知乙醚需要的恢復期長且可能造成不良反應，因此氣體麻醉已改用其他藥品替代，或使用靜脈注射的液體麻醉。

【文字歌】（いろは）伊呂波歌為平安時代的和歌，47個假名不重複使用，因此為學習文字用的和歌。

第44頁

【小石川植物園】位於東京都文京區，原先是江戶幕府建造的「小石川御藥園」，之後成為東京大學大學院理學部研究科附屬植物園。

第46頁

【去淺草】指前往紅燈區的淺草吉原遊廓尋花問柳。

【圓髻】（丸髷）江戶至明治時代最為普遍的已婚女性髮型。

【束髮】參考西洋綁頭髮方式梳成的髮型。

【赤熊髻】（しゃぐま）使用紅色假髮作為裝飾而綁成的髮髻。

【文金高島田髻】（高島田）將基本髮髻島田（對折的髻）底部梳高綁成的髻。

【銀杏髻】將髮髻展開為銀杏葉形狀的髮型。

第51頁

【金毘羅】位於香川縣的神社金毘羅宮，又名金刀比羅宮。

【紅衣裳】（赤いもの）紅色通常是女性和服的內衣，此處稱吉原中的女人穿著紅衣裳是表示她們衣不蔽體。

【蝙蝠傘】日式和傘骨架以竹子製成因此傘面較平，後來傳入西洋以金屬骨架製成的雨傘，多為黑色傘布加上彎曲的傘面狀似蝙蝠，因此稱為蝙蝠傘。

【新造】吉原當中的新造，指的是15-16歲還在實習的年輕遊女。

第56頁

【青山】青山靈園，位於東京都港區南青山的都立墓園。

【谷中】谷中靈園，位於東京都台東區谷中的都立墓園。

解說

以痛餵養愛——
泉鏡花〈外科室〉的荒謬與哀愁／洪敍銘

〈外科室〉是泉鏡花較為早期的作品，發表於1895年，在當時即頗受好評。不過，要讀懂〈外科室〉裡純粹、不可侵犯又無法抗拒的愛，勢必要回到日本明治時代的文學思潮與發展的認識。事實上，明治以降的全面西化，除了加速工業化的腳步外，在文學場域裡，在新觀念、新形式的引介之下，日本文學也有了截然不同於傳統的表現。另一方面，邁向現代化的社會環境中，推升了文學作家對於現實主義的關注，刻劃人之於政治、社會、經濟的具體座標與價值遂成為更具探索意義的潮流，然而，泉鏡花起初作為日本古典主義的代表作家，自然不難理解他在國家轉型的時代氛圍中，崇尚自由、反封建的強烈意識，以及語言文字使用的典雅傳承。

於是，〈外科室〉中諸多人物之間的關係，基本上都隱含著「封建」／「自由」的對立模型，而且特別地呈現出了與女性主體與女性身體、容貌、舉止、服飾、裝扮的細微描寫，在小說中，泉鏡花甚至給了仕女「阿綾」之名。

小說在開場時不厭其煩地描繪了各種「華族」的形象，不僅身分高貴、氣質不俗，衣著打扮也相當講究，甚至手術室裡的助手與護士都大有來頭，王公貴族名流絡繹不絕，甚至有了一種「參加一場晚宴一般」的錯覺；然而這些瑣碎與雜亂，卻又與「寂寞的病院」格格不入的人群腳步，卻也增添了一種山雨欲來的荒謬與異常。

小說的主角，正躺在手術檯上的伯爵夫人，如屍體般橫躺著，她冰冷、潔白、冷靜得令人發寒；負責手術的醫師高峰，同樣的沉穩、平靜、幾無情緒，不僅與外頭喧鬧的場面形成強烈的對比，也與焦急、憂愁的伯爵在動靜冷熱之間，形成了巨大的反差。

在層層堆疊的詭譎氛圍中，〈外科室〉透過第三人「我」的視角，緊湊地推展了之後的情節。

原本迷茫，似已置生死於不顧的伯爵夫人，突然對麻醉藥產生了極大的抗拒，原本軟弱、單薄的身軀與意志，瞬時之間堅決了起來。細觀而言，伯爵與伯爵夫人彼此的執拗，表面上在於麻醉藥的打與不打、治療與否的選擇（或無從選擇），然而實際上真正的矛盾交鋒，或許仍然是那個伯爵始終想要企及卻永不可及的「祕密」。

> 其實，我心中有一個祕密。聽說麻醉藥會讓人吐露心事，因此我覺得非常害怕。若是不睡去便無法治療，那麼就不必治了。

對於重病的伯爵夫人來說，她知道她能夠忍受物理性的痛楚，完守埋藏心裡的永恆，但於此同時，對於在場的其他人而言，不免心生狐疑：究竟是什麼樣的祕密，讓人能夠忍受切肉、刮骨、椎心之痛？而在性命交關之際，又是什麼樣的祕密能夠超然於生死呢？

泉鏡花在此便成功地將自由、身體自主這樣的意識形態具體地形象化，伯爵夫人必須以強烈意志抵抗的，除了是手術刀切開體肉的劇痛外，來自親情（女兒，情節中不斷提及的「小姐」）與難以啟齒的私密間的拉扯，更牽涉了上流權貴社會裡難以為常人理解的潛規則與羞恥，當然還有對於死亡的恐懼，只是當她喊出「即使治好了病我也會去死」的絕望與無奈時，以生命作為看似必輸的賭注，伯爵夫人在賭的，是她以長年的苦痛餵養的愛，也是她瀕臨潰堤的意志來源——在一旁默不作聲的外科醫師高峰。

執刀的醫師，是高峰先生沒錯吧！……

沒關係，不會痛的。

護士，手術刀。……

夫人，我會負起責任進行手術的。

彷若誓言一般，伯爵夫人對高峰的信任，並不是指望他挽救她的性命，而是在眾目睽睽下對自由戀愛信仰的霸道——她打從一開始就是要死的，但她用她的死，換來了哪怕只是一次呼吸的轉瞬間，彼此了然的確認；而高峰也是果決的，或許本著外科醫師的專業，他的動作明快且從容，在眾人無不感到血腥與顫慄時，他毫不遲疑，讓手術在沒有麻醉的狀況下，竟也能漸入佳境。或許也因為這樣，伯爵夫人會因此「活」下來；換言之，她原想以「死亡」作為籌碼的賭注已逐漸崩潰失效，這也激化了她的行動，她挺身讓手術刀直接刺穿她的胸膛，形同自殺。

這樣的敘述終究是浪漫化（或不寫實），甚至帶著末日的荒謬感的，但伯爵（以及傳統封建價值的代表）和伯爵夫人（女性身體與主體意識）兩者在「求生」、「求死」的極端間擺盪，高峰的表態便顯得尤為重要。

因此，伯爵夫人「因為是你」、「你卻、你卻，不知道我是誰」兩句死前淒厲的言語，不僅讓雪藏的祕密昭然若揭，也逼使高峰輕言一句「未曾忘懷」，解開了伯爵夫人及在場眾人的疑惑與謎底，簡單的四個字，也成就了伯爵夫人以死為代價換取一次記憶裡的認定、了卻之願想，由此觀之，高峰長年來的隱忍，也成為他進行手術時，不動聲色的意志。

二人的第一次接觸即如此赤裸、親密與危險，最終的爆發也展現出難以撼動的堅定，或者，高峰何嘗不想讓伯爵夫人存活，延續著如過往相同的遙望，而伯爵夫人以身體作為對社會的抗議與對自我意識的覺醒與自主，儘管壯烈最終卻仍以失敗而終，都顯露出難見容於封建制度與體系價值內的悲劇性。

事實上，作為敘事者的「我」，九年前、九年後都是目睹一切的旁觀者，大抵上也敘說了某種變形的荒謬；九年前戲謔地嘲弄著髮髻、裙擺，明明白白地表現出對女性身體與主體的輕視；高峰對於這樣的美麗固然動心且珍惜，但終究抵不過「精美玻璃窗的馬車」，種下了九年後悲劇的根源。

〈外科室〉的下編給了遙遠的記憶的線索，描繪出九年前那種青春卻同樣無法企及的想望，在漫長的時光空白中，無法破繭、重見天日的愛情是否只能一次次壯烈地化為灰燼，成為被封存的泥灰？作者在〈外科室〉只給了一種浪漫卻又缺憾的補償——同一日相繼死去。

追根究柢，身不由己的愛戀，在那個時代的語境與敘事裡，或許不是什麼稀奇的新聞，但在小說中，不見容於世的相愛二人，僅僅只擁有了最後一瞬相通的心意，更是用身體與心靈的劇痛換取而來；小說雖沒有交代高峰為何及如何隨著伯爵夫人死去，但他們死後仍被分葬於青山與溪谷，天南地北，如在世時的兩相隔閡，儘管孰輕孰重，難有定論，但這或許也顯現了自由在威權社會下的可貴與意義；只是那些剎那的永恆，或許也只有己身的血與痛的極致，才能餵養最純粹而無可替代的愛。

解說者簡介／洪敍銘

文創聚落策展人、文學研究者與編輯。「托海爾：地方與經驗研究室」主理人，著有台灣推理研究專書《從「在地」到「台灣」：論「本格復興」前台灣推理小說的地方想像與建構》、〈理論與實務的連結：地方研究論述之外的「後場」〉等作，研究興趣以台灣推理文學發展史、小說的在地性詮釋為主。

譯者

黃詩婷

由於喜愛日本文學及傳統文化，自國中時期開始自學日文。大學就讀東吳大學日文系，畢業後曾於不同領域工作，期許多方經驗能對解讀文學更有幫助。為更加了解喜愛的作者及作品，長期收藏了各種版本及解說。現為自由譯者，期許自己能將日本文學推廣給更多人。

TITLE

外科室

STAFF

出版	瑞昇文化事業股份有限公司
作者	泉鏡花
繪師	ホノジロトヲジ
譯者	黃詩婷
總編輯	郭湘齡
責任編輯	蕭妤秦
文字編輯	張聿雯
美術編輯	許菩真
排版	許菩真
製版	明宏彩色照相製版有限公司
印刷	桂林彩色印刷股份有限公司
法律顧問	立勤國際法律事務所　黃沛聲律師
戶名	瑞昇文化事業股份有限公司
劃撥帳號	19598343
地址	新北市中和區景平路464巷2弄1-4號
電話	(02)2945-3191
傳真	(02)2945-3190
網址	www.rising-books.com.tw
Mail	deepblue@rising-books.com.tw
初版日期	2022年1月
定價	400元

國家圖書館出版品預行編目資料

外科室/泉鏡花作；ホノジロトヲジ繪；黃詩婷譯. -- 初版. -- 新北市：瑞昇文化事業股份有限公司, 2022.01
72面；18.2 x 16.4公分
譯自：外科室
ISBN 978-986-401-533-7(精裝)

861.57　　110020592